루코스 목장의 돼지들
+ 유월절 새벽닭

갈릴리 호수

루코스 목장의 돼지들

김요한 우화소설
김현진 그림

Characters

로쉬: 안 좋은 일로 걱정이 많아진 돼지

핀: 안 좋은 일로 생각이 많아진 돼지

후스: 안 좋은 일에도 마냥 즐거운 돼지

폴리: 유월절 새벽닭

Contents

작가의말 11

언덕 13

헛간 21

묘지 29

목욕탕 39

비탈길 55

아버지 집 67

특별수록:유월절 새벽닭 79

루코스 목장의 돼지들

김요한 우화소설
김현진 그림

이 글은 시간에 관한 이야기입니다.
이 글은 자유에 관한 이야기입니다.
이 글은 구원에 관한 이야기입니다.
이 글은 당신에 관한 이야기입니다.

이 책의 독자들은 과거의 아픈 기억에서 벗어나 희망이 가득한 미래를 선물로 받게 되기를 바랍니다.

언덕

봄이다. 언덕배기에 외롭게 선 야생 올리브 나무에도 하얀 꽃망울이 가득하다. 이곳에 서면 갈릴리 호수가 한눈에 들어온다. 호수가 한쪽은 둥글고 다른 쪽은 잘록한 게, 마치 하프같이 생겼다.

"어이, 핀!"

로쉬가 가파른 비탈을 오르며 나를 부른다. 꽤 화가 났는지, 그의 동전만 한 콧구멍에서 축축한 공기가 훅훅 나온다.

"무리에게 돌아가! 이런 곳에 혼자 있는 건 너무 위험해."
"저기 배가 들어와. 이 시간에 오다니 대체 누굴까?"
"알 게 뭐야! 자꾸 엉뚱한 짓 하면 혼날 줄 알아!"

말만 저러지, 로쉬는 나를 혼내지 않는다. 어쩌면 저런 말들이 나를 혼내는 거였을까? 모르겠다. 난 미소를 짓는다. 그날 이후로 생

긴 버릇이다. 로쉬는 벌써 언덕을 내려가고
있다. 내 형제는 그날 이후로 마음의 여유를
잃었다.

"삑삑, 삐이익!"

날카로운 휘파람 소리가 호수에서 불어오는
바람을 타고 구불구불한 비탈 사이사이를 파
고든다. 뒤를 돌아보는 로쉬의 얼굴이 흉측
하게 일그러져있다. 나도 휘파람의 마력에
저항해보지만, 짧게 두 번 길게 한 번 울렸
으니 소용이 없다. 그저 네 발로 힘껏 달려야
한다. 여기저기서 마법에 걸린 돼지들이 튀
어나온다. 모두 나의 형제들이며, 그리스 사

람 루코스 목장의 돼지들이다.

"더러운 돼지 새끼들!"

 낮은 돌담 아래 웅크리고 있던 양치기 개 슈만이 으르렁거린다. 양들이 사라지자 슈만의 왕국은 몰락하고 말았다. 늙고 병든 그가 할 수 있는 일이라고는 어린 돼지들을 향해 웅얼거리는 것뿐이다.

"특별식! 특별식!"

　사촌 후스의 눈빛이 정상이 아니다. 내 눈
도 그렇겠지. 루코스는 목장 안마당에 맛있
는 것들을 준비해놓고 휘파람을 분다. 이게
특별한 신호라는 걸 알게 된 우린, 주인이 부
르면 어렵게 찾은 풀뿌리를 뱉어버리고 집을
향해 달리게 됐다. 이게 바로 휘파람의 마법
이다.

"아이고 예쁘다! 그래그래, 많이 먹어라!"

　루코스가 콩깍지가 가득한 마당에서 비릿하
게 웃고 있다. 하지만 아무도 주인에게 인사

를 하지 않는다. 쥐엄나무의 열매는 갈변이
일어나야 달콤해지는데, 서두르지 않으면 맛
이 떨어지는 녹색만 남게 될 것이다.

"아야!"

 나는 너무 아파서 입에 물고 있던 갈색 깍지
들을 뱉었다. 씹다 만 껍질 사이로 나뭇가지
조각이 보인다. 단단하고 가시가 많아, 먹을
수는 없고 목장 울타리로나 쓰는 아카시아
나무다. 쓸모없는 나뭇조각이 휘파람의 마법
을 깨뜨렸다. 식욕이 사라진 마음의 공간을
지독한 공포가 채운다. 잇몸에 피가 흐르는
것 때문이 아니다. 그날 나는 훨씬 더 많은

피가 흐르는 걸 봤다.

헛간

"**삑**삑, 삐이익!"

 휘파람이 크게 울리던 그 날, 마침 우린 올리브 농장에 몰래 들어가 있었다. 발육이 덜 된 아이들이라 밑돌이 벌어진 돌담 틈 사이로 출입할 수 있었다. 휘파람 소리에 마음이 불안해지고 몸이 움찔움찔했지만, 그땐 그걸로 끝이었다. 우린 넓적한 코로 바닥을 긁으며 낙과한 올리브를 찾는 걸 멈추지 않았다.

"꺼억, 배불러서 더는 못 먹겠다!"

후스의 트림이 아기 돼지들의 농장 서리가 끝났다는 걸 알렸다. 우린 의기양양해져서 목장으로 돌아왔다.

"엄마!"

로쉬와 나는 돼지우리에 뛰어들며 엄마부터 찾았다. 늦은 귀가에 화가 나 있을 아빠의 꾸지람을 피하려면, 엄마의 도움이 절실했다.

그러나 우리 안에 어른 돼지는 한 마리도 없고, 어린 동생들만 남아서 훌쩍이고 있었다.

"어떻게 된 거야?"
"주인님이 우리 엄마를 데려갔어."
"아빠도."
"이모도."
"삼촌도."

우린 헛간으로 달려갔다. 어둠에 잠긴 목장에서 유일하게 불을 밝힌 곳이라, 달리 선택의 여지가 없었다. 불어오는 바람에서 불길한 냄새가 났다. 처음 맡아 보는 역한 비린내였다. 기분 탓인지 발이 진흙탕에 빠진 것처

럼 끈적거렸다.

"엄마?"

불빛이 새어 나오는 틈새로 엄마가 보였다. 아빠도 보이고, 삼촌도 보였다. 그런데 뭔가 이상했다. 어른들이 머리를 맞대고 누워있는데 그들의 몸이 보이지 않았다.

"쉿! 핀, 제발 가만히 있어."

나는 내 앞을 막아서는 로쉬를 몸으로 마구 밀었다. 그때 로쉬가 내 귀를 물지 않았더라면, 나도 죽었을 것이다.

"빨리빨리 해야지. 이러다가는 밤을 새워도 안 끝나겠어."

주인의 가족과 인부들이 모두 헛간에 있었다. 그들은 우리 가족의 몸을 자르고 쪼갰다. 그들은 잘린 몸에 소금을 뿌렸고, 연기를 쪼였다. 나는 헛간 곳곳에 피 웅덩이가 있는 걸 보며, 내 발을 적시고 있는 끈끈한 진흙이 가족의 피라는 것을 깨달았다. 내 몸이 견딜 수 없는 슬픔으로 떨릴 때, 루코스가 기쁨에 겨워 너털웃음을 터뜨렸다.

"로마군에 대량납품이라니, 날마다 오늘 같기만 하면 얼마나 좋아!"

"에이, 아버지도! 이렇게 잡아대다가는 목장에 돼지 씨가 마를걸요?"

"하하하! 더 키워야지. 이번에 받은 돈으로 새끼 돼지들을 왕창 사자꾸나."

묘지

묵직한 덩치가 밀어대는 통에 정신을 차려 보니, 후스가 내가 뱉어낸 깍지를 먹고 있다.

나는 앞발로 피가 묻은 아카시아 나뭇가지를 치우며 행복과 불행에 대해 생각한다.

'내 사촌이 이걸 깨물고 나처럼 마법에서 깨어나면 행복할까, 불행할까?' 선악에 대해서도 생각한다. '배고픈 사촌에게 먹이를 양보

하는 게 착한 일일까, 아니면 그를 도살의 위험으로 내모는 악한 행위일까?' 나는 매일 답 없는 질문을 던진다.

"아야!"

엉덩이가 화끈거린다. 주인의 아들이 회초리를 들고 서 있다. 어느새 식사를 끝낸 돼지 무리가 만족스러운 걸음걸이로 뒤뚱뒤뚱 이동 중이다. 다행히 헛간 쪽이 아니다. 마음이 놓인 나는 동글동글한 엉덩이들을 따라간다.

"로쉬, 우리 어디 가는 거야?"
"목욕탕!"

"로쉬, 나 배고파."

휘파람의 마법이 지나고 나면 많이 먹은 걸 후회하곤 했는데, 이번에는 먹은 게 너무 없어서 후회된다. 로쉬가 걸음을 멈추고 무슨 꿍꿍이인지 이해할 수 없다는 표정으로 쳐다본다. 나도 제자리에 서서 실눈을 뜨고 입꼬리를 크게 추켜올린다. 내 특기인 돼지 웃기다.

"그렇게 웃지 마. 재수 없으니까."

로쉬가 멀어져간다. 나는 그날 이후로 그의
웃는 얼굴을 보지 못했다.

"아야!"

돼지가 배고프고 속상하면 걸음이 느려질
수도 있지, 그때마다 뒤따르던 주인의 아들
놈이 회초리로 내 엉덩이를 톡톡 친다.
아, 정말 짜증 난다.

"무엄한 놈들! 어찌 대왕님 앞을 그냥 지나
간단 말이냐!"

누군가의 쩌렁쩌렁한 외침에, 호수의 비탈진 자락을 타고 돌멩이들이 마구 구른다. 벌거벗은 사람이 무리의 앞을 가로막고 있다. 저 인간을 여기서 만나다니, 큰일이다.

"멍청이! 멍청이!"

내 엉덩이만 졸졸 따르던 작은 주인이 앞으로 뛰어가서, 바숨의 머리를 회초리로 때리며 욕을 한다. '바보 바숨!' 우릴 미친 사람이 사는 묘지로 인도하면 어떻게 하나!
바숨은 루코스 목장의 새 일꾼이다. 그는 돼지치기가 처음인지 하는 일이 모두 서툴다. 심지어 그는 갓 태어난 새끼돼지만도 못해

서, 자기 먹이를 스스로 구하지도 못한다. 그
가 가끔 쥐엄 열매를 훔쳐 먹는 걸 보면 안
다. 내 사촌들은 이 유대인을 싫어하지만, 왠
지 나는 그가 불쌍하다. 지금의 나를 포함해
서 배고픈 존재는 모두 불쌍하다.

"이 대왕님이 배가 너무 고프다! 먹을 것을
내놓지 않으면 잡아먹겠다!"
"살려주세요! 전 살이 없어요!"
"저리 가요! 난 어린 애라고요!"

벌거벗은 남자가 달려들자, 빼빼 마른 바숨과
작은 주인이 꽥꽥 소리를 지르며 도망간다.
'한심해. 여기서 이러고 있으면, 언제 목욕

탕에 가냐고!' 속으로 툴툴거리던 나도 갑자기 이리저리 뛰게 됐다. 세 사람이 돼지 떼로 뛰어든 것이다.

목욕탕

눈두덩이 파랗게 변한 작은 주인이 돼지 무리 앞에서 걷고 있다. 이제 주인의 아들도 나처럼 점심을 굶어야 한다. 묘지의 미치광이에게 도시락을 빼앗겼기 때문이다. 바숨도 비틀거리며 내 뒤를 따라온다. 누가 보면 전날 저녁부터 굶은 줄 알겠다. 광인은 쇠사슬도 끊어버리는 괴력을 가졌다던데, 허약한 인간이 왜 그에게 덤벼들었는지 모르겠다.

"아야!"

 내 엉덩이에서 불꽃이 튀긴다. 초짜가 못된 것만 배웠다. 잠깐이나마 한심한 인간을 동정하느라 멈춰 선 게 후회된다. 바보 바숨! 내 똥이나 밟아라! 난 그의 앞에다 똥 덩이를 내지르고, 그가 다시 회초리를 휘두르기 전에 재빨리 돼지들 사이를 파고들었다.

"야호!"

 성질 급한 후스가 김이 모락모락 나는 탕 앞

에 서서 환호성을 올린다. 하지만 아직 들어
갈 수 없다. 우리보다 먼저 온 돼지 무리가
있기 때문이다.

 호수에서 발원해서 사해까지 흐르는 요단강
주변에는 뜨거운 물이 솟는 샘들이 있고 대
부분 목욕에 환장하는 로마인들이 차지했다.
그러나 호숫가에 바짝 붙은 이곳은 걸쭉한
진흙탕이라 천연 그대로 남겨졌고, 동부 갈
릴리의 돼지란 돼지는 다 몰려오는 곳이 됐
다. 따뜻하고 축축한 진흙에 뒹구는 걸 싫어
하는 돼지가 한 마리라도 있을까? 만약 있다
면 그건 돼지가 아닐 것이다.

"훠이훠이, 뒤로 물러서!"

작은 주인이 회초리를 휘둘러서 돼지들을 길에서 물러나게 한다. 호숫가에서 올라오는 사람들을 본 것이다. 열 명도 더 되는 남자들이 다가오는데, 모두 유대인인지 복장이 바숨과 비슷하다.

"선생님, 더러운 돼지들이 길을 막고 있습니다."
"오염될 수 있으니, 다른 길로 가시죠."

　목욕탕 앞에서 더럽다는 소리를 들을 줄이야! 유대인은 돼지고기를 먹지 않는다기에 그들이 우리의 친구인 줄 알았더니, 아니었다. 존재를 부정당하는 것은 살해당하는 것과 같다. 저들에게도 똥 덩이를 안겨주자! 난

생애 처음으로 모두의 앞에 나서려고 한다. 그만큼 나의 분노는 크고 깊다.

"아야!"

누군가가 내 꼬리를 잡아당긴다. 나는 그게 로쉬인 줄 알았는데, 뒤를 돌아보니 바숨이다. 이 바보가 몸을 잔뜩 구부리고 내 엉덩이에 자기 얼굴을 비비고 있다. 하마터면 나는 그의 얼굴에 똥을 쌀 뻔한 것이다. 그에게 잡힌 꼬리를 통해 강한 떨림이 전해온다. 그는 왜 자기 동족을 피해 숨으려 하는가? 자기부정이라니, 그건 스스로 죽는 것과 같다.
'불쌍한 바숨!' 난 그의 마음을 알 것도 같다.

나도 내가 돼지인 게 싫으니까. 내 부모는 돼지여서 일찍 죽었다. 나도 목장의 늙은 양치기 개 슈만보다 먼저 죽을 것이다.

"꼬르륵!"

이런 생각을 하는 중에도 배가 고프다니, 난 어쩔 수 없이 돼지다.

"이 길로 가야 합니다. 우린 꼭 만나야 할 사람이 있어요."

자기 길에 확신을 가진 자가 무리의 대장이 되는 법이다. 곱슬곱슬 검은 머리와 덥수룩

한 수염을 가진 남자가 앞장서서 걷자, 일행이 그 뒤를 따른다.

"더러움은 밖에서 안으로 들어오는 게 아닙니다. 오히려 안에서 밖으로 나가는 게 더럽습니다. 누굴 더럽다고 하기 전에 먼저 내 안을 살피세요."

이 남자가 내 곁을 지날 때 자기 일행에게 한 말이다. 그 바람에 돼지치기가 유대인인 것 같다며 수군대던 소리가 딱 멈췄고, 내 꼬리를 쥐고 흔들던 바숨의 떨림도 멈췄다.

"저긴 묘지로 가는 길인데?"

작은 주인이 멀어져가는 사람들을 바라보며 혼자 중얼거리다가, 퉁퉁 부은 눈을 손바닥으로 문댄다.

 미친 사람이 저들에게도 덤벼들까? 아마도 그럴 거다. 하지만 건장한 남자들이 열 명이 넘는데, 미친 사람 하나가 무슨 위협이 되겠는가!

 "이봐! 어딜 가는 거야?"

 갑자기 작은 주인이 소리를 지른다. 뒤를 돌아보니, 바숨이 비칠비칠한 걸음으로 멀어져가는 일행의 뒤를 따르고 있다.

"저 사람들은 그냥 자기 길로 가게 내버려 둬! 우리에겐 우리 일이 있잖아!"

"저 사람이 누군지 알겠어요. 저 사람은 예수예요. 우릴 구원하러 오신 메시아라고요."

"배고프다며? 먹여주기만 하면 무슨 일이든 다 하겠다며? 아저씨가 우리 아버지 앞에 엎드려서 채용해 달라고 빌었잖아!"

"저분이 사람이 빵으로만 사는 게 아니라고 했다더군요. 이젠 나도 사람답게 살고 싶어요. 내 손을 놔요. 난 저분을 따라가서 사람답게 사는 길을 가겠어요."

목장의 어린 후계자가 한 번은 우리를 쳐다보고, 또 한 번은 멀어져가는 초보 돼지치기를 쳐다보며 어쩔 줄을 몰라 한다. 도망치는 인부를 잡으러 가려면 우릴 들판에 그냥 버려둬야 한다. 여기서 우릴 한 마리라도 잃어버리는 날에는 그의 아버지가 가만히 있지 않을 것이다. 루코스의 회초리에는 눈이 달려 있지 않아서, 사람 엉덩이와 돼지 엉덩이를 구분하지 않는다. 만약 한 마리가 아니라면? 여기서 돼지 떼가 모두 사라진다면 그가 어떻게 나올까? 우리가 제때 죽으면 그에게 큰 돈벌이가 되겠지만, 그 시기가 어긋나면 그는 파산할 것이다.

"핀, 우리 차례야. 뭘 그렇게 멍청하게 웃고 서 있어?"

로쉬가 와서 핀잔을 준다. 내가 또 습관적으로 돼지 웃음을 짓고 있었나 보다. 나는 내 형제에게 방금 일어난 일을 설명하려고 했다. 돼지 먹이를 훔쳐먹던 인간이 먹는 일보다 더 귀한 것을 찾아 떠났다고. 만약 돼지가 배고픔을 이길 수만 있다면, 우리도 이곳을 떠날 수 있을 것이고, 그건 부모를 죽인 자에게 갚아주는 최고의 복수일 것이라고.

그때 누군가의 큰 외침이 내 말을 막았다.

"얘들아! 얘들아!"

후스의 몸뚱이가 믿을 수 없는 높이로 떴다가 진흙탕으로 떨어져 내리자, 거대한 왕관 모양 물줄기가 솟아올랐고, 이내 따뜻한 진

흙 비가 떨어져 내린다. 그 뒤를 이어 돼지들이 차례차례 뛰어들고 있다. 로쉬가 그걸 보고 웃는다. 내 형제가 진짜 자기 얼굴로 웃고 있는 것 같다. 오래 쓰고 있던 무표정한 가면이 진흙 비에 씻긴 것일까?

"우리도 가자!"

나는 친구들과 함께 올리브 농장 울타리를 넘어가던 그 날처럼 구르듯이 달려서 진흙탕에 뛰어든다. 내 옆에서 첨벙 하고 물소리가 크게 난다. 돌아보지 않아도 로쉬라는 걸 알겠다. 나는 누워서 하늘을 본다. 돼지는 드러눕지 않고는 하늘을 볼 수 없다. 난 도살된 돼지의 배가 열린 걸 본 뒤로 하늘을 본 적이 없다.

"하늘이 예쁘네."
"그래, 더럽게 예쁘다."

사람이 죽으면 땅에 묻는다던데 난 따뜻하고 축축한 진흙 속에 묻히면 좋겠다. 누군가의 뱃속 말고.

"아하하, 난 돼지 팽이다!"
"도망가자. 이쪽으로 온다!"

돼지들이 후스가 진흙 위로 미끄러지는 걸

피해 도망 다니느라 목욕탕이 꽤 소란스럽다. 과격한 놀이에 어린 동생들이 다치겠다 싶었는지 로쉬가 벌떡 일어나서 폭주하는 후스를 잡으러 간다. 그는 그런 돼지다. 난 엄마 품처럼 따뜻한 물 속에 머리를 넣어본다. 첨벙대는 물소리, 낄낄대는 웃음소리가 꿈결처럼 들려온다. 다시 돌아누워 본다. 파란 하늘에 뚱뚱한 구름이 둥둥 떠간다.

"하늘에서는 돼지도 자유롭구나."

그래, 하루만이라도 저렇게 자유로울 수만 있다면, 난 이대로 죽어도 좋다.

비탈길

목욕하고 나면 누구나 배가 고픈 법, 온천 다음에는 항상 호수가 내려다보이는 들판 행이다. 동부 최대 방목지인 이곳은 돼지치기들의 만남의 장소이기도 하다.

"그 미친놈과 싸웠다고?"

"그래, 내가 그놈 배에 올라타서 코에 주먹

을 한 방 먹이니까, '아이고 형님, 살려주세요' 그러더라고."

"에이, 거짓말! 우리 아빠가 그러는데, 그 아저씨 예전에 군인이었대. 마을 사람들이 전부 덤벼도 못 이긴댔어."

"그런 사람이 왜 묘지에서 살겠냐?"

"미쳤으니까. 전쟁터에서 끔찍한 일을 많이 겪어서 미친 거래."

작은 주인은 점심을 못 먹었을 텐데, 어쩜 저리도 큰 소리로 떠들어댈까? 난 굶으면 목구멍보다 배에서 큰 소리가 난다. 목욕 전부터 먹지 못했더니 지금은 숫제 천둥소리다.

"삑삑, 삐이익!"

호수로부터 불어오는 바람이 넓적한 귓불을
살살 간지럽힌다. 입에 물고 있던 지렁이를
질경질경 씹어 본다. 목 넘김이 좋다. 내가
잘못 들은 것이다.

"삑삑, 삐이익!"

바람이 호수에 물결을 만들고, 노을이 물결
을 붉게 물들인다. 밀려오는 파도에 내 마음
도 출렁거리고, 주변의 돼지들도 술렁술렁
소란스럽다. 그런데 로쉬는 어딨지?

"핀!"

늘 그렇듯이 내 형제가 나를 먼저 찾아낸다. 반갑게 뒤를 돌아보니, 그의 얼굴이 심하게 일그러져있다.

"핀, 뭔가 이상해. 귀에서 휘파람 소리가 계속 들려."
"로쉬, 집에 가자. 나 콩깍지가 먹고 싶어졌어."

난 돼지 웃음을 지어본다. 루코스가 이런 곳에 왔을 리가 없다. 그러니까 휘파람 소리도 없어야 한다. 오늘따라 호수의 바람이 거셀 뿐이다.

"특별식! 특별식!"

누군가가 다가와서 내 몸을 밀어댄다. 후스의 눈이 빨갛다. 루코스 목장의 어린 돼지들이 내 사촌의 외침을 따라 외친다.

"특별식! 특별식!"

우리만이 아니다. 다른 목장의 돼지들도 빨간 눈을 하고 모여든다.

"특별식! 특별식!"
"특별식! 특별식!"

모두 같은 휘파람 소리를 들은 걸까? 그럴 수는 없다. 목장주마다 다른 휘파람 소리를 내니까. 그럼 모두 다른 휘파람 소리를 들은 걸까? 휘파람 합주라니, 그건 더 말이 안 된다. 마음에 의심과 질문이 많아질수록 쥐엄 열매 콩깍지만 더욱 간절해진다. 모든 질문의 정답이 콩깍지인 것만 같다.

 "삑삑, 삐이익!"

 진짜 휘파람 소리구나! 마법의 소리가 내 정신을 쏙 빼놓는다. 아니, 정신을 더 집중하게 만든다고 해야 하나? 이젠 하프처럼 잘록한 호수가 거대한 콩깍지 같고, 호수에 풍덩 빠진 저녁 태양은 깍지를 비집고 나온 쥐엄 열매 같다. 어마어마하게 큰 콩깍지. 한 입 베어 물면 달콤한 물을 내는 콩깍지.

"특별식! 특별식!"
"특별식! 특별식!"

우린 마치 로마 제국의 군대처럼 발을 구르고 소리를 지르면서 비탈길을 내달린다. 놀란 돼지치기들이 달려와서 우리를 흩어놓으려고 애써보지만, 그런 하찮은 힘으로는 돼지 군단을 막을 수 없다. 땅이 막으면 짓밟아버리고, 절벽이 막으면 뛰어넘고, 물이 막으면 물을 갈라버릴 것이다. 우리는 무적의 군대다!

"아야!"

엉덩이의 피부가 벌에 쏘인 것처럼 따끔하다. 잠시 주춤하는 사이에 내 형제가, 내 사촌이, 내 동생들이, 내 군대가 저 멀리 가 버렸다. 뒤를 돌아보니 주인의 아들놈이 회초리를 든 채 울고 있다. 도대체 왜 울지? 알고 싶지 않다. 난 다시 달려야 한다.

"안돼!"

작은 주인이 내 앞을 막아서는 바람에 또 늦어진다. 그새 다른 돼지들은 절벽 끝에 도착했고, 첫 번째 돼지가 하늘 높이 떠오른 게 보인다. 언제나 그렇듯이 내 사촌 후스다! 내 형제들이 풍뚱한 구름처럼 날아올랐다가 노을로 붉게 물든 호수에 떨어져 내린다. 그들은 그렇게 거대한 콩깍지에 가까워지고 있다. 얘들아 기다려. 나도 같이 가!

"로쉬!"

처음으로 내가 먼저 그의 이름을 불러 본다. 비탈의 끝에 마지막으로 남은 한 마리가 몸을 움찔한다. 그러나 그는 끝끝내 뒤를 돌아보지 않은 채 하늘로 날아오른다.

아버지집

"**아**이고, 다 죽었나 봐."

"주인님에게 뭐라고 하지? 그냥 이대로 도망가 버릴까?"

"지금 혼나는 게 문제야? 우리 집은 파산이야! 망했다고!"

돼지치기들이 걱정과 한숨을 내뿜으며 비탈

길 끝자락에 서 있다. 나는 그들을 피해서 절벽의 가장자리로 향한다. 머릿속을 뒤흔들던 휘파람이 잠잠해지자, 콩깍지에 대한 욕망도 사라졌다. 그래도 나는 호수로 가야 한다. 가서 나도 그들처럼 하늘의 구름이 되어 자유로워져야 한다.

"멈춰!"

누군가가 내 목을 감싸고 매달리는 바람에, 나는 그와 함께 한 덩어리로 구르다가 절벽 가장자리에서 가까스로 멈췄다. 나는 그의 품을 빠져나오려고 발버둥을 쳤지만, 그는 가냘픈 팔로 내 목을 꼭 끌어안고 놔주지를 않는다.

"잘했어. 바숨!"

루코스의 아들놈이 숨을 헐떡이며 달려온다.

"괜찮아. 괜찮아."

빼빼 마른 바숨이 내 귀에 대고 속삭인다.
도대체 뭐가 괜찮다는 거지?

"목에 밧줄을 걸었어. 이젠 일어나도 돼."

 바숨과 나는 동시에 일어났고, 나만 다시 쓰
러진다. 나는 로쉬에게 가야 하는데, 내 형제
가 날 기다리는데, 이제 나는 그를 따라갈 수

없다.

"아저씨가 그 사람을 따라가는 바람에 이 난리가 난 거야. 둘이 함께 막았다면, 우리 돼지들을 더 많이 지킬 수 있었다고."
"날 원망해봐도 소용없어요. 이일은 영적인 힘들이 일으킨 것이니까요."
"이게 신들이 내린 벌이라는 거야? 왜? 우리가 무슨 잘못을 했다고?"
"유대인이 뭘 안다고 그런 소리를 하는 거야?"

작은 주인이 바숨에게 한소리를 하자 다른 돼지치기들도 그를 나무란다. 나도 내게서 자유를 앗아간 바숨을 야단치고 싶다.

"나는 하늘로부터 온 사람을 따라갔어요. 그 사람 이름이 예수에요. 그리고 나는 그가 묘지의 미치광이를 치료하는 걸 봤어요. 벌거벗은 남자가 땅바닥을 뒹굴며 몸부림을 치면서 말하는데, 남자도 여자도 아닌 목소리였고, 혼자 말하는 것 같기도 하고 여럿이 동시에 말하는 것 같기도 했어요. '우린 군대다! 우린 숫자가 많고 강하다! 우린 패배를 모른다!' 그때 예수께서 '귀신아, 나가라!' 명령하자, 패배를 모른다던 신들이 갑자기 살려달라고 애원하기 시작했어요. '가까운 곳에 돼지들이 있습니다. 제발 우리가 돼지들에게 가는 걸 허락해주십시오.' 그때 나는 들판에 버려두고 온 돼지들이 생각났어요. 나도 돼지치긴데, 돼지를 지켜야죠. 그래서 이리로 달려온 거예요. 그래 봤자 겨우 이 아이 하나 살렸지만.”

 바숨의 가냘픈 손이 내 머리를 쓰다듬는다. 얼치기 돼지치기의 손이 제법 따뜻하다.

“도대체 무슨 소리를 하는 건지 모르겠네.”
“군대 귀신이라니, 그런 것도 있나?”
“예수라는 사람이 혹시 제우스가 아닐까? 정말 제우스 님이라면 지금이라도 예물을 드려야 해. 안 그러면 우리도 무사하지 못할 수도 있어.”

그들은 의견 교환 끝에 하늘로부터 온 사람을 만나보기로 하고, 나와 바숨만 남겨둔 채 묘지로 향한다.

"멍청이! 마지막 남은 돼지니까 잘 지켜!"

그들이 모두 보이지 않게 되자, 바숨이 혼잣말인지, 나 들으라는 말인지 모를 소리를 중얼거린다.

"아버지가 보고 싶어. 그동안 내가 아버지 속을 좀 많이 끓게 했어야지. 가출까지 하고 말이야. 나 나름대로는 자유를 찾아 떠난 건데, 그 결과가 이거야. 루코스 목장의 어린 아들에게 멍청이 소리나 듣는 거. 고향에 가서 아버지 앞에 엎드려서 죄송하다고, 용서해달라고 빌 거야. 아들이 아니어도 좋아. 종으로라도 받아주면, 아버지께 효도하며 열심히 살 거야."

그가 내 목의 밧줄을 풀어준다.

"너도 자유다! 절벽에서 뛰어내리고 싶으면 그렇게 해. 이젠 안 말릴게. 아니면 여기서 돼지치기들을 기다렸다가 루코스 목장으로 돌아가든지."

이게 자유라고? 스스로 죽거나, 도살당해 죽

거나, 겨우 둘 중에 하나를 선택할 수 있을 뿐인데? 그가 내 머리를 한 번 더 쓰다듬더니, 이내 자기 엉덩이를 툭툭 털며 일어선다.

"난 집에 갈 거야. 내 아버지 집에는 먹을 게 많거든. 따라오고 싶으면 따라와도 돼. 넌 자유니까."

바숨이 남쪽으로 방향을 잡고 터벅터벅 걷기 시작한다. 나는 잠시 망설이다가 그의 뒤를 따르기로 한다. 초대를 거절하는 건 예의가 아니니까. 그는 분명히 자기 아버지 집에 먹을 게 많다고 했다! 그리고 나는 오늘 거의 먹지 못했다. 그러니 일단 아버지의 집에 가

서 실컷 먹자. 죽는 건 언제든지 할 수 있으
니까.

"바숨, 내 이름은 핀이야!"

내 말을 알아들은 걸까? 바숨이 뒤를 돌아보
며 웃는다. 환한 돼지 웃음이다.

제2회 제주기독신문신춘문예
동화부문당선작

유월절 새벽닭

김요한 지음

유월절 축제를 앞두고 예루살렘이 떠들썩해요.
유월절은 이집트에서 노예로 살던 이스라엘 백성에게
하나님께서 자유를 주신 날이에요. 이맘때가 되면, 예
배하는 사람들로 예루살렘 성전이 시끄러운 곳으로
변하죠. 성전 옆에는 안토니오 요새가 있어요. 유대
인의 성전과 로마군의 요새 사이에 담장 하나가 있을
뿐이지만, 아무도 그 담을 넘지 않아요.

예루살렘의 닭들도 유월절을 지켜요. 닭들의 축제에
서 가장 중요한 것이 새벽닭 선발대회예요. 해마다 예
루살렘의 어린 수탉 중에서 유월절 새벽닭을 뽑아요.
이 닭이 첫울음을 우는 것으로부터 닭들의 축제가 시
작되죠. 선발대회가 열리는 대제사장 가야바의 집 마
당에는 벌써 어린 수탉들로 가득하네요.

"야, 왕발 쇼케!"

긴 엄지발가락으로 허벅지를 긁적이던 쇼케가 뒤를 돌아보았어요. 큰 몸통에 두꺼운 날갯죽지를 가진 네샤르와 노란 눈알을 데굴데굴 굴리는 간바가 웃고 있어요.
모두 쇼케의 뒷골목 친구들이에요.

"왔어? 늦었네."

네샤르가 어깨를 으쓱이며 두 날개를 활짝 펼치자 흙먼지가 풀썩 일어나요. 쇼케와 간바가 투덜대며 재빨리 물러났어요.

"어이쿠!"

하얗고 통통한 수탉 하나가 한쪽 발을 들고 콩콩 뛰네요. 쇼케의 왕발에 밟혔거든요.

"처음 보는 닭이네? 넌 누구니?"
"내 이름은 폴리. 안토니오 요새에서 왔어."
"백부장이 키운다는?"
"그럼 너는 로마 군대의 마스코트!"

골목 소꿉친구들의 꼭꼭 소리가 너무 컸는지, 마당의 닭들이 모두 쳐다봐요. 폴리는 병사처럼 가슴을 당당하게 펴고 어깨도 꼿꼿이 세웠어요. 하지만 빨간 볏이 통통하게 부풀어 오르는 바람에 부끄러운 마음을 감출 수는 없었어요.

"빠라열라님이시다!"

누군가의 외침에 수십 마리 닭의 머리가 일제히 한 쪽 방향으로 돌아가요. 모두의 눈길이 머문 곳에 커다란 볏, 부리부리한 눈, 길고 뾰족한 부리, 황금색 목 덜미, 진한 초록색 가슴, 주황과 빨강으로 물든 날개 깃을 가진 수탉이 서 있어요. 유월절 새벽닭 선발대회 심사위원인 대장 수탉이에요.

"꼬끼오오오옥!"

빠라엘라가 높고 깊은 소리로 울며 선발대회의 시작 을 알렸어요.

"꼬끼긱!"
"꼬기꼬기!"
"쿠꾸까끼오!"

마당의 어린 수탉들이 일제히 고개를 젖히고 하늘 높이 소리를 쏘아 보지만, 아무도 제대로 울지 못하네요. 빠라엘라가 어린 닭들 사이를 돌아다니며 좋은 소리를 내는 닭을 찾고 있어요.

"꼬끼꼬오오옥!"

폴리도 힘껏 울었어요.

"다시 울어보겠니?"
"꼬꼬고옥."
"아랫배에 힘을 주고, 가슴을 펴고, 고개를 높이 들고, 부리를 힘껏 벌려서!"
"꼬끼꼬오오옥!"

빠라엘라가 고개를 끄떡여요. 폴리가 유월절 축제의

새벽닭 후보가 된 거에요. 네샤르가 날개를 퍼덕이고, 쇼케가 큰 발을 구르며 축하의 춤을 춰요.

"로마 닭 만세!"

신이 난 간바도 크게 외쳤어요.

"지금 뭐라고 했지?"

빠라엘라는 폴리가 로마 군대의 마스코트라는 걸 알고 깜짝 놀랐어요.

"너는 유월절 새벽닭이 될 수 없다. 요새에서 닭이 울면 로마의 군인들이 칼을 차고 나오지. 너는 악마의 나팔이야."

빠라엘라의 말은 날카로운 칼처럼 폴리의 마음에 상처를 주었어요.

'나도 하나님이 만드신 닭이라고요!'
하얗고 통통한 몸 안에 하고 싶은 말이 가득하지만, 폴리의 입이 떨어지지를 않아요. 폴리의 동그란 눈에서 눈물이 주르륵 흘렀어요.

"꼬꼬댁!"
"꾸웩!꾸웩!"

갑자기 마당의 닭들이 이리저리 흩어졌어요. 칼과 몽둥이로 무장한 사람들이 제사장의 집에 들이닥쳤기 때문이에요.

"이쪽으로!"

"정문은 틀렸어. 사람들이 꾸역꾸역 들어오고 있다고!"

쇼케가 문 앞의 상황을 전해주었어요. 간바가 일행을 마당 구석에 엎어진 채로 버려진 낡은 탁자로 데려가요.

"대제사장이야!"

쇼케의 외침에 폴리도 탁자 구멍 사이로 내다봤어요. 머리에 거대한 모자를 쓰고, 바닥까지 치렁치렁 늘어진 옷으로 커다란 배를 가린 남자가 있어요. 그 사람이 뭔가를 지시하고 집에 들어가자, 몽둥이를 가진 사람들이 밧줄에 묶인 남자를 끌고 따라 들어가요.

"밧줄에 묶여있던 사람은 누굴까?"

"한 주 전에 있었던 대소동 기억나? 그 남자야!"

"예루살렘에 나귀 타고 들어온 그 사람?"

폴리도 이 남자가 누군지 알 것 같아요. 그날은 안토니오 요새의 군인들이 총출동했거든요. 예루살렘 사람들이 나뭇가지를 흔들며 나귀 탄 남자를 환영했어요. 유대인의 왕 만세를 외쳤죠. 이러다 명절에 반역이 일어나겠다고 저녁 늦게 돌아온 백부장이 투덜거렸어요.

"마당에 불도 피웠어. 아예 밤을 새우려나본데?"

"슬슬 나갈까? 저쪽 벽에 붙어서 가면 들키지 않을 거야."

"기다려! 누가 또 들어온다."

간바가 살금살금 들어오는 사람을 발견하고 주의를 주자, 일어서던 쇼케가 주르륵 주저앉고, 네샤르도 샤라락 날개를 접었어요.

"잡혀온 사람의 가족인가 봐."
"가족은 아니고, 가장 유명한 제자야."
"싸우는데?"

쇼케의 말에 엎어진 탁자 옆으로 어린 수탉의 머리들이 쪼르륵 튀어나와요. 정말로 방금 들어온 남자와 허리에 손을 올린 여자가 말다툼 중이네요.

"사람들이 모두 쳐다본다! 싸움 구경 좋아하는 건 닭이나 사람이나 똑같다니까."
"그렇다는 건, 지금이 도망칠 기회!"

수탉들의 머리가 다시 탁자 밑으로 쪼르륵 들어갔어요. 서로 머리를 맞대고 탈출 방법을 의논해야죠.

"난 저 사람의 제자가 아니오. 나는 예수가 누군지도 몰라요!"

큰 소리가 들리자, 수탉들의 머리가 다시 탁자 위로 쪼르륵 올라왔어요. 남자가 사람들에게 둘러싸여서 두 손을 마구 내젓고 있어요.

"사람들이 남자를 붙잡으려고 해."
"도망간다!"
"정문까지 갔어. 이봐, 더 빨리 뛰라고!"

어린 수탉들은 자기들도 숨어야 하는 처지라는 걸 잊어버린 채, 시소를 타듯 번갈아 머리를 내밀며 도망가는 남자를 응원했어요.

"저런, 저러다 잡히겠어!"

그때 폴리가 아랫배에 힘을 주고 가슴을 펴고 고개를 꼿꼿이 세운 뒤에, 밤하늘을 향해 부리를 활짝 벌렸어요.

"꼬끼꼬오오옥!"

성공이에요! 갑자기 들려온 수탉 소리에 뒤쫓던 사람들이 멈춰 섰거든요.

"꼬끼꼬오오옥!"

폴리가 더 크고 긴 울음을 토해냈어요.

"가자!"

 간바가 멀뚱멀뚱 서있는 사람들 사이로 요리조리 빠져나가고, 그 뒤에 바짝 붙은 쇼케와 네샤르가 폴리의 양 날개를 잡아끌며 달렸어요.

 "와하하하! 탈출 성공!"
 "대단해! 사람들이 그냥 얼음이 됐어."
 "폴리, 누가 뭐래도 넌 유월절 새벽닭이야!"

 예루살렘의 으슥한 뒷골목에서 어린 수탉들이 흥분을 감추지 못하고 꼭꼭거려요.

 "어흐흥, 어흐흐흑."

 옆 골목에서 우는 소리가 들려요. 쇼케가 살짝 보고

오더니, 아까 도망가던 그 남자래요.

 폴리는 밤하늘을 올려다보며 웃었어요. 오늘은 모두가 자유로워지는 유월절이니까요. 하나님의 도성, 예루살렘의 어느 뒷골목에서, 하얀 수탉의 통통하고 붉은 볏이 별빛을 받아 반짝반짝 빛나고 있어요.

루코스 목장의 돼지들

초판 1쇄 발행   2020년 12월 7일
지은이   김요한
그 림   김현진
펴낸이   김윤희
펴낸곳   플레로마
주 소   서울시 마포구 독막로 266、102-2404
이메일   yh44you@gmail.com
출판등록   제2016-000050호
인 쇄   고려문화사

*갈릴리 호수&올리브 나무 ⓒ한현규
*캐릭터&일러스트 ⓒ김현진
*이 책은 텀블벅 프로젝트를 통한 후원자님들의 조력으로 제작되었습니다.

ISBN 979-11-957796-4-2 03810
책값은 뒤표지에 있습니다.